愛のメルヘン　ギリシャ神話

牡羊座物語

酒井友身・文
塩浦信太郎・絵

もくじ

プリクソス……テッサリアの王子。悪い王妃イノに命をねらわれ、城から逃亡する。

ネペレ……プリクソスの母。イノによって城から追放され、不遇のうちに死ぬ。

イノ……テッサリアの王をまどわして、妃ネペレを追放させ、自ら妃になる。野望に燃える若い女。

★

イアソン……イオルコスの正当な王位継承者だが、悪い王ペリアスにだまされて金毛の羊皮を手に入れるためにコルキスへ遠征する。

ペリアス……イアソンの叔父。イアソン不在の時に王になっている。

メディア……コルキスに住む薄幸の王女。後にイアソンによって助けられ、妻になる。

第一部　金毛の牡羊

第一章　夜の王城《おうじょう》

月がこうこうと照り、石造りの王宮は深い夜のしじまの中に沈《しず》んでいるようでした。

城《しろ》のバルコニーに一人の人影《ひとかげ》が遠くの星空を見つめて立っていました。

「ああ、あれから何年になるだろう。今頃《いまごろ》、母上とヘレはどうしているだろうか。……」

この少年の母ネペレは、何年か前に妹のヘレと共にこの城を追放されたのでした。

アネモネの花が好《す》きだった母。野原で妹と三人で花をつんで遊んだ日々は、もう遠い昔《むかし》のことでした。

ほっそりとした少年の横顔には、まだ幼《おさな》さが残っていましたが、上品な雰囲気《ふんいき》が血筋《ちすじ》の良さを感じさせ、純《じゅん》なひとみは月の光をあびて、りりしく輝《かがや》いていました。

「王子さま！　王子さま！」

うす暗い城の中から、小さな声で少年を呼《よ》ぶ声がしました。

少年が静かにふり向くと、そこには侍女《じじょ》が立っていました。

「王子さま！」

「何事です。」

「一大事です。お命がねらわれています。すぐにお逃《に》げください。」

「なに、私の命が？」

「はい。」

「誰《だれ》がいったい私の命をねらうというのです。」

「新しいお妃《きさき》さまのイノさまでございます。」

「イノ王妃《おうひ》が？」

「はい。」

少年はしばらくうつむいて、じっと考えこみました。そして顔をあげると、さっきまでの上品で悲しい顔が嘘《うそ》のように、けわしい目つきになっていました。

「ぼくは逃げません。戦います。」

そう言って、傍《かたわ》らの剣《けん》を手にとると、さやをはらってじっとみつめました。

「なりません、王子さま！」

「なぜです。」

「敵はお妃さまひとりではありません。城の中は皆《みな》、新しいお妃さまの意のままになっております。将軍《しょうぐん》も近衛兵《このえへい》も…。」

「父上は？」

「王さまもお妃さまのすることに見て見ぬふりをしておいでです。」

「まさか父上まで……。」

王子はがっくりと肩《かた》を落とし、床《ゆか》にひざをつきました。

「王子さま、このうえは一刻《いっこく》も早く…。」

「あの女め！　私の母を城から追い出すだけではたりず、私の命まで奪《うば》おうとは………。」

「王子さま、復讐《ふくしゅう》をお考えになるのはあとになさいませ。今はご自分のお命を。」

「わかった。」

王子はすっくと立ちあがると侍女に聞きました。

「逃げよと、どこへ？」

「山のふもとの森へ。」

「森へ？」

「はい。湖の畔《ほとり》の森でございます。」

「あそこなら小さい頃、よく行った所だ。」

「それに、ネペレ王妃さまやヘレ王女さまがあの森で待っていらっしゃいます。」

「なに？　母上や妹はまだ生きているのか！」

「はい。」

「よかった！　私はもう死んだものとばかり思っていた。」

「ネペレ王妃さまはもう何年もあの森に住み、女神アテナさまに王子さまの救いを毎日祈《いの》っておいでです。」

「そうか、しかし、おまえはなぜ私を助ける？」

「私はネペレ王妃さまの侍女でございました。長い間お仕えした皆さまがあまりにおいたわしく……。ときどき、城をぬけ出してはお妃さまに会いに行っておりました。」

「そうか。そうだったのか。」

「王妃さまはあれからずっと王子さまのことばかり心配なさって、私が行くたびに王子さまのことをお聞きになります。ところが最近になって、心配が過ぎたためかすっかりお体が弱り、食物も受けつけぬようになってしまいました。」

「…………。」

「そこで、ヘレ王女さまが私に、なんとしてでも城中から王子さまをお連れするようにと………。」

「そうか。」

「それに城中では新しい妃のイノ王妃が、王子さまのお命を奪おうと常に策略《さくりゃく》を練っています。ここは危《あぶ》のうございます。このうえは一刻も早く、お母さまのところへ………。」

「わかった。すぐに城を出よう。だが門には衛兵が見張っているだろう。ぬけ道はあるのか。」

「おまかせください。どうぞ私のあとに。」

侍女は先にたって歩き出しました。

王子は剣をさやにおさめて左手にもつと、侍女のあとにつづきました。ひんやりとしたうす暗い廊下《ろうか》を通りぬけ、二人はまるでやまねこのようにすばやくひそやかに地下室からトンネルをくぐりぬけて城の外へ出ました。

「おお、こんな通路があったのか。」

「はい。」

城の外は一面草や木がはえ、一本の道が暗やみの方へ続いているのが見えました。

「では、王子さま、お気をつけて……。私はここで失礼いたします。」

「ありがとう。」

王子は侍女に礼を言うと、暗い野原の道を一目散にかけ出しました。

あとには、侍女が地下道の入口で、じっと王子の行く手を見守っておりました。

★

ギリシャのオリンポス山のふもとにテッサリアという大きな王国がありました。

国王は次々と周辺の国々を征服《せいふく》して、領地をひろげ、王城も威容《いよう》を誇《ほこ》るかのようにりっぱな石で築かれていました。

この城を夜中のうちに脱出《だっしゅつ》することに成功したプリクソス王子は、もちろんこの国の国王の実子でしたが、いま、新しい妃によってその命がねらわれていたのでした。

プリクソス王子の母、ネペレ王妃は、すらっとした体つきで、品のある、すき通るような美しい女でした。ネペレはこの国の王と結婚《けっこん》し、プリクソス王子とヘレ王女を生み、一緒《いっしょ》に城内で暮《く》らしていました。

ところが、その平和な家庭に、ある日、イノという女が現われ、その肉感的な姿《すがた》で王の心をまどわし、イノの姿に目がくらんだ王は、イノと一緒になるために、今まで自分につかえてくれていたネペレ妃とヘレ王女を城から追放してしまったのです。

すべてイノの計略でした。

イノは自分が妃になって、この国を支配しようと企《たくら》み、王に接近したのでした。そしてとうとう王の気持を自分のものにすると、今までいた王妃のネペレを追放させたのでした。

王子のプリクソスは、この国の正当な王位継承《けいしょう》者でしたので、さすがに王も追放させることができず、城内においていたのでした。

でも、イノにとってはプリクソス王子の存在《そんざい》が気がかりでなりません。王位継承者でしたので、大きくなればいずれ次の王になるのです。イノに子供が生まれても王にすることはできないと知ったイノは、次の計画に入りました。

プリクソス王子を暗殺しようというものです。

イノは着々と準備をすすめ、城中の兵をひとり残らず自分の味方につけ、衛兵に王子を暗殺させようとしていました。
それに気づいた侍女が、今夜、王子を城から逃亡《とうぼう》させたのです。

★

暗いやぶの道をぬけると野原が広がっていました。
その野原の向こうには大きな湖があり、近くに森がうっそうと茂《しげ》っていました。
プリクソス王子は野原をかけ、湖までたどりつきました。
湖にはさざ波が立ち、空の星が映《うつ》って水面に散らばっていました。

王子は畔にたつと、深く息を吸《す》いこみました。

夜の湖はそれはそれは美しく、月の光が、畔に立つ王子を静かに映していました。

王子は湖の水で顔を洗《あら》い、服をととのえると、母の待つ森へ入っていきました。


森の中ほどまで来ると、小さな石の洞窟《どうくつ》があり、その前に炬火《たいまつ》がたかれていました。

プリクソス王子は洞窟の中に声をかけました。

「母上！　母上！　プリクソスです。」

洞窟から出てきたのは妹のヘレでした。

「お兄さま！」

「ヘレ！」

二人はしっかりと抱《だ》き合いました。

「お兄さま、お母さまが………。」

そう言ってヘレ王女は洞窟の中を指さしました。

「なに！」

プリクソス王子の顔色がさっと変わり、王子は洞窟の中に消えました。

「母上！」

「おお、プリクソス、よく来てくれた。」

「母上、お体の具合は？」

近寄って見ると、母の姿はやつれて、炬火に照らされたほほは血の気を失っていました。

王子が母の体を抱き起こすと、ネペレ王妃は、

「プリクソス、無事でよかった。」

と言い、目からは涙《なみだ》がはらはらとこぼれるのでした。

プリクソスの母ネペレは一度は王妃であった人、上品な顔立ちはこのような不幸な境遇《きょうぐう》にあっても、その美しさを少しもそこなうことはありませ

んでした。

しかし、なんというやつれよう。年月がこのように人を変えるものかと王子は思いました。

「プリクソス、私はおまえたち二人の幸せをずっと祈っていました。」

「母上、私がきっと、この国の王権を取りもどしてみせます。そうしたら母上をこのような状態から救ってみせます。それまでしばらくごしんぼうください。」

「プリクソス、私はもうよい。それより、おまえたちにこれ以上の不幸が起きなければよいが……。」

そう言うと、ネペレ王妃のほほに涙が再び流れていくのでした。

「母上、しっかりしてください。」

プリクソスはそう言うと、母をしっかり抱きしめました。

「プリクソス、私は最後のお祈りをしたい。起こしてください。」

王妃ネペレは二人の子を後ろにひかえさせ、小さな祭壇《さいだん》に向かってお祈りを始めました。

――女神アテナよ、大神ゼウスよ、どうかこの不幸な子らの命をお救いください。私はもうかなわぬ命、されど、我《わ》が子二人の命を救い、末長く生きながらえんことを……――


国を追われ、不遇な身になり、やつれはてても、王妃ネペレの声は、病人の声とは思えぬほどとても澄《す》んでいました。

それはまるで歌うように聞こえ、洞窟から流れでて、森のすみずみまでしみわたるようでした。

王妃ネペレは、今度は外に出て、月の光のあたる所に来ると、再び祈りました。

――女神アテナよ、大神ゼウスよ、私は今、城を追われ、病いに冒《おか》されています。でもこれも運命《さだめ》、誰も恨《うら》んではおりませぬ。私の命は神にささげます。でもこの二人の子らの命だけはお守りください。――

月の光が、森の木の葉の間からさしこみ、気品に満ちた王妃の横顔にあたり、祈る王妃は、まるでこの世のものとは思えないほどこうごうしく見えました。

どれほどの時が過ぎたでしょう。

祈っている王妃の声が、かすれはじめ、かすかな声になると、突然《とつぜん》、王妃はその場にくずおれるようにして倒《たお》れました。

「母上！　母上！」

「お母さま！　お母さま！」

かけよった子供たちに、王妃は最後の力をふりしぼって言いました。

「湖へ行きなさい。湖へ。きっと救われます。

これから二人で力を合わせて仲よく生きていくのですよ。」

「母上！　母上！」

「湖へ行くのですよ、プリクソス。」

それきり、王妃ネペレの声は聞こえなくなりました。ネペレは二人の子供に抱きかかえられたまま息をひきとりました。

静かな最期《さいご》でした。

朝になりました。

小鳥がさえずり、美しいギリシャの自然がよみがえったように活気づきました。

太陽が東の空から昇《のぼ》り始めると、湖は、新しい泉《いずみ》がわいたように透《す》きとおり、すがすがしい空気が、森の木々の間をとおりぬけ、朝つゆが太陽の光の中へ消えていきました。

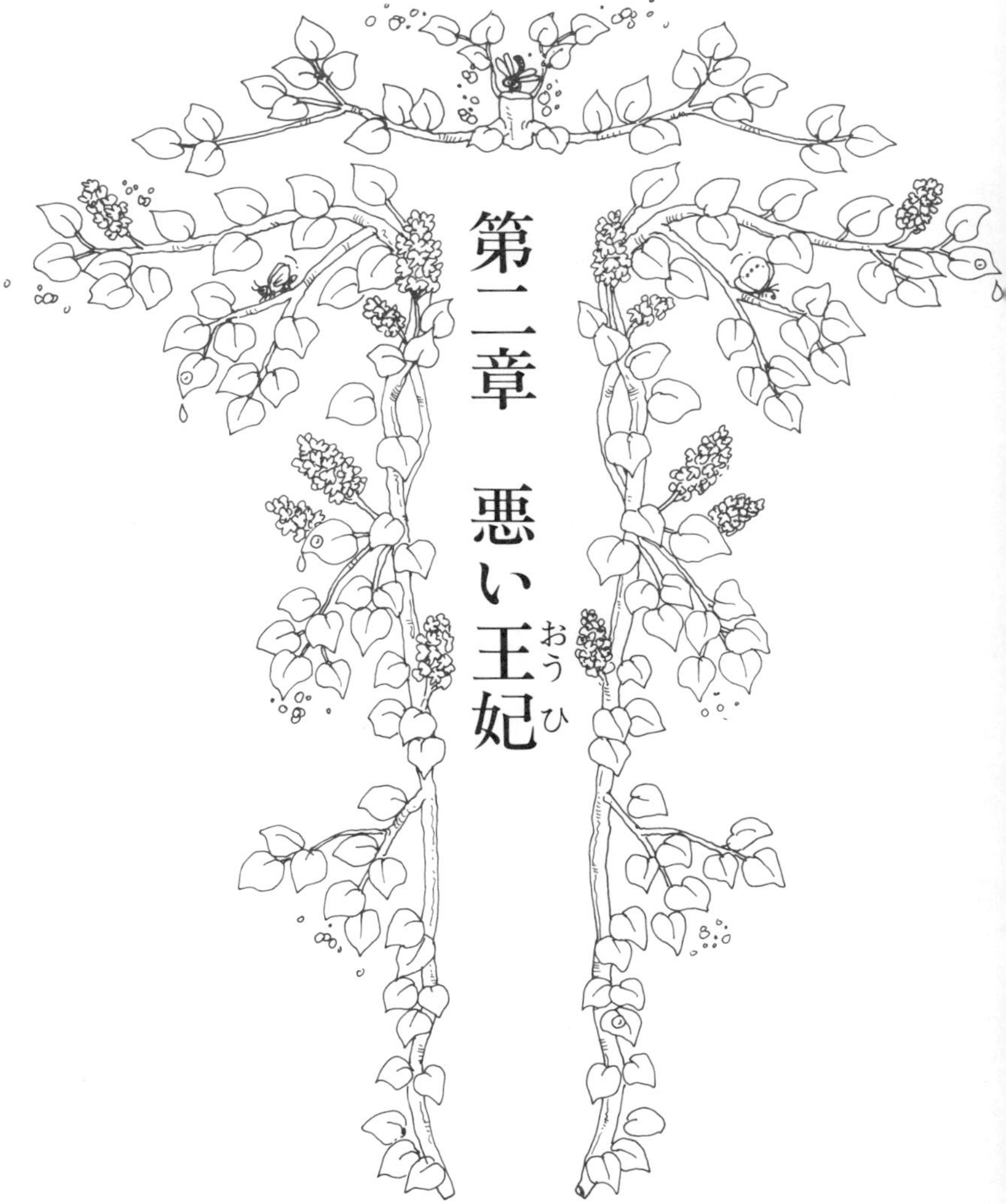

第二章　悪い王妃《おうひ》

プリクソス王子がいなくなったことに気がついた城《しろ》の中は大さわぎとなりました。

新しい王妃イノは気がくるったようにわめきちらしていました。

「いまいましい！　プリクめ！　どこかで死んでいるならいざしらず、もし逃《に》げていたらいったいどうなるか。何年かして、大人《おとな》になったら、きっと城に舞《ま》いもどって、私の命をねらうに決まっているわ！」

イノ新王妃は自室でこぶしをふりあげて言いました。

王が入ってくると、イノは王に向かって言いました。

「あの子はきっと私を憎《にく》んでいるに違《ちが》いありません！」

「…………。」

「そうでなかったら、何も、城を出ていく必要なんてないはず！」

王妃イノの声はいちだんと激《はげ》しいものになりました。

王はプリクソス王子がいなくなったことに内心「ホッ！」としていました。

なぜなら、王子がこの城にとどまっていたら、きっといつか王妃イノに殺されるに違いない、と案じていたからです。

世の中に、自分の実の息子《むすこ》が殺されることを願う父親はいません。

だからと言って、いま、イノの機嫌《きげん》をそこねたら何をされるかわかったもので

はありません。下手《へた》に息子をかわいがると、イノの嫉妬《しっと》心がむき出しにな
り、息子にひどい仕打ちが加えられないとも言えないのです。
ですから、王は、むしろ息子のプリクソス王子が夜の暗闇《くらやみ》にまぎれて、
逃げ出してくれた方がよっぽどいいと考えていたのでした。
そしてまた、あのままいっていたら、王子はイノを憎むばかりか、いず
れ自分をも憎むようになるだろうと思っていました。
たとえ、イノの計略にかかったとはいえ、王子の母ネペレ王妃を追放し
たのはほかならぬ自分なのですから。
王が王妃ネペレを追放した理由は、表向き、「病弱で、国政が勤《つと》まらない
から。」というものでした。
そして、王女ヘレについては、「病弱な母のめんどうを看《み》る」というのが
追い出す理由だったのです。
確かにネペレは体があまり強い方ではありませんでしたが、さりとて、
妃《きさき》をつとめられないほど病弱ではありませんでした。

本音を言えば、王はイノという女の若々《わか》しい女の魅力《みりょく》に目がくらみ、言うがままになったのです。

★

イノの出生ははっきりしていませんが、海岸近くの国から侍女《じじょ》としてきた娘《むすめ》でした。

若いはちきれそうな体はとても魅力的で王の気持をいちはやくつかんでいました。

イノは巧《たく》みに王に近づき、王の気持をとらえて離《はな》さなくなり、王妃ネペレを追い出すことに成功したのでした。

そうして、すぐに自分が妃になったのです。

イノは自分が王妃になると、自分に反対したり敵対したりする者の首をはねさせ、絶対的な権力を持つようになりました。

しかし、人間の魅力には限りがあります。まして、若さはすぐに失われていくものです。若い女の魅力は年と共に失われていくものなのです。

イノも例外ではありません。

イノは妃になってから日に日につのる不安にさいなまされるようになりました。

不安とは、ひとつに、自分よりもずっと魅力的な女が王の前に現われたらどうなるかというものでした。

自分が王妃ネペレにしたと同じことを新しい女にされるかも知れないのです。

ですから、イノは自分が妃になって以来、絶対に王のそばには若い侍女を近づけないようにしていました。

もうひとつの不安は、王子プリクソスでした。

イノは首尾《しゅび》よく王妃になって、王の子供を宿し、産んでも、その子には次の王位継承《けいしょう》権がないのです。

王権は王の長子が継《つ》ぐことになっていたので、イノは子供を産んでも、王権はいずれ、ネペレの子プリクソス王子にやらなければならないのです。では、なぜイノはネペレを追放する時、王子のプリクソスまで追放しなかったのでしょう。イノの頭で考えれば、王子をも追放する理由はいくらでも見つかります。

でも、イノは王子を追放しませんでした。理由は簡単《かんたん》です。王子を城の中にとどめておき、いつか機を見て殺すつもりだったのです。

もし追放したら、どこかの賢人《けんじん》に育てられ、大きくなったら自分を殺しに来るかもしれないと考え、不安だったからです。そこでイノは王子を暗殺する計画を着々と練っていきました。

まず、近衛兵《このえへい》を自分の味方につけ、はては将軍《しょうぐん》までも自分の意のままに動かせるように下準備をすすめました。

そして、王子がひとりになるチャンスをずっと待っていたのでした。

ところが、いよいよ実行しようとした夜、王子プリクソスは暗闇にまぎれて城を逃げ出してしまったのです。

イノは、ここで王子を逃がしてしまったら何にもなりません。今までの計画がすべて水の泡《あわ》になりますし、これから不安にかられる日々を送らなければなりません。

★

「王さま、なぜプリクソス王子をお探《さが》しにならないのですか？」

イノは王に聞きました。その声は意外に冷静になっていました。それはもうすでに次の計画に入っているということを示していました。

「妃は王子を探してほしいのか。」

「ええ、もちろんですとも。プリクソス王子はこの王室の後継者ですもの。」

イノはありったけの愛想をふりまいて言いました。

「プリクソスのことだ。きっと朝早くどこかへ狩《かり》にでも行ったんだろう。」

「狩ですって？　あの子はまだ子供ですよ。ひとりで狩に行くなんて考えられませんわ。もし王子に万一のことがあったら……。」

「心配しなくてよい。きっとプリクソスはどこかで……。」

「それではこまります。私は後添《のちぞ》いの身、先のお妃さまの子プリクソス王子とはうまくやっていかなければなりません。」

「………………。」

「王子に万一のことがあったら、私は、私は………。」

と言ってイノは激しく泣《な》きくずれました。

王は、イノに近寄ると、

「泣くな！　泣かなくともよい。」

と言って肩《かた》に手をおきました。

イノは顔をあげると、

「王さま、王子を探してくださいまし。」

と懇願《こんがん》しました。

王はじっとイノの目を見て言いました。

「おまえは本当に探してほしいのか。」

「もちろんですわ。」

「嘘《うそ》をつけ！　おまえは本当は……」

「とんでもない、王さま！　あなたはご自分の妃を信じられないのですか。

ああ、私の愛する王はなんと不幸なお方！　妃を信じられないとは。」

「わかった。プリクソスを探させよう。」

「本当ですか！」

「ああ、だが見つけても、ここへは連れてこぬ。どこかへあずけよう。」

「なぜでございます。」

「王子をおまえと一緒《いっしょ》にはしたくない。」

イノは心の中で「失敗した。見ぬかれている。」と舌打ちしました。

イノは自分がもっとも恐《おそ》れていた方向に向かって行くのを感じました。

こんな時、イノは愛想笑《わら》いをして、次の手段を考えるくせがありました。

「わかりました。王さま、すぐに捜索《そうさく》隊を出してくださいませ。」

すでに、イノの頭の中には新たな方策《ほうさく》が考えつかれていたのでした。

★

犯罪者には安住の地はありません。ひとつの犯罪をとりつくろうためにまた別の犯罪を考えねばならなくなるのが常です。

★

「王さま！　王さま！」

突然《とつぜん》、衛兵が入ってきました。

「何だ！」

「女をつかまえてきました。この女が、王子さまを外へ出したのです。」

「お許しください。王さま！」

侍女は泣きながら言いました。

「おまえはプリクソスを夜中に外へ出したのか。」

「はい。」

「どこにいる、プリクソスは？」

「お許しくださいませ！」

「どこにいるのです！　言わなければおまえの命はありませんよ！」

イノがひどいけんまくで言いました。

「はっはい。」

「言いなさい!!」

イノは前にもまして大きな声で言いました。

「はい。……森でございます。」

「森に？」

「はい。湖の畔《ほとり》の森でございます。どうかお許しを……。」

侍女はそのまま床《ゆか》に泣きふしました。

「なぜ森なんかに。」

「…………………」

「なぜなのです？」

もうイノが聞いても、侍女は貝のように口を閉ざしてしまいました。

たとえいくらおどかされても、これ以上自分は言うわけにはいかないと思っていたのでした。

なぜなら、今まで前の王妃ネペレや王女ヘレに会いに行っていたことも知られてしまい、どんな仕打ちをされるかわからなかったからです。

★

「将軍、準備はいいですね。」

とイノが言うと、将軍はうやうやしく頭をさげて答えました。

「はい、かしこまりました。では捜索に行ってまいります。」

将軍が王室からたち去ろうとすると、イノは将軍を呼《よ》びとめて、

「将軍、わかっていますね。」

と何か念を押しました。

「おまかせください。」

将軍にはイノから秘密《ひみつ》のうちに王子暗殺の指令が出ていたのです。それをイノははっきりと念を押したのでした。

暗殺というものはもっとも陰険《いんけん》な殺し方です。ふい打ちを食わせたりして相手を殺すのです。従《したが》って堂々とはやりません。たいていは夜の闇にまぎれてやったり、物かげから突然相手のすきを見て殺したりするのです。

小人数の暗殺隊が捜索隊として出発しました。捜索隊は一路、湖の畔にある森の方へ、手に手に武器をもって進んでいきました。

太陽が真上に昇《のぼ》り、ギラギラと照りつけ、今、ギリシャの国は、殺す者と逃げる者が、同じ太陽の下にいました。

十数人の兵士たちは、将軍の命令の下《もと》に、森に入って、王子を見つけたら、秘密のうちに殺すことになっていました。

王子を見つけたら、間違いで殺したことにしなければなりませんでした。殺してしまえば、王への言いわけなど、あとでいくらでも考えられます。

これが、イノが考え出した最後の手段だったのです。


しかし、イノの計画どおり運ぶでしょうか。

このような行いや考え方を神は許すでしょうか。

このイノの考えや計画には、まったく人間の心というものがありません。

「悪は悪のためにまた悪を重ねる」と言います。イノは自分の欲《よく》のために今、すべてを投げ出して実行にうつしていました。

そして、神はなぜ黙《だま》っているのでしょう。

もし、この世に神がいるなら、このような邪悪《じゃあく》をなすがままにさせるでしょうか。

暗殺隊は、湖とは反対の入口から森へ入って行きました。湖側からですと、もし、王子が自分たちのことに気がついたら、森の奥《おく》へ奥へと入って逃げてしまうかも知れないからでした。暗殺隊とは失敗が許されないのです。もし失敗して、計画がばれたら、自分たちが真っ先に殺されることを知っていましたから。

暗殺隊はあらかじめ、森の奥に入り、しっかり奥をかためてから、王子を湖の方に追い出し、逃げられないようにして、つかまえて殺す計画でした。

刻《こく》一刻と運命の瞬間《しゅんかん》が近づいてきます。この間、プリクソス王子たちはどこでどうしていたのでしょう。

第三章　暗殺隊の追跡《ついせき》

プリクソス王子と妹のヘレ王女は母のネペレ王妃《おうひ》を手厚く葬《ほうむ》ると、王妃に言われていたとおり、湖の畔《ほとり》にやってきました。

湖は、さんさんとふりそそぐ太陽の光に満ちあふれて、キラキラと輝《かがや》いていました。

二人の不幸な子供は汗《あせ》まみれになってまぶしそうに湖面を見わたしました。

「お兄さま、これからどうしたらよいのでしょう。」

とヘレ王女が言うと、兄は、

「母上は湖に行きなさいと言った。何かあるのだろう。もしかしたら船があって、それに乗って脱出《だっしゅつ》できるのかもしれない。」

と答え、湖の上をじっと見ていました。

「さあ、二人で船を探《さが》そう。」

「はい。」

「船に乗れば他国へ逃《のが》れられるかも知れない。」

「ええ。」

妹は不安そうに相づちを打ちました。

しかし、船などどこにも見当たりません。

そのうちに時がどんどん過ぎていきました。

★

森の裏側《うらがわ》から入っていった暗殺隊は、ネペレ王妃がなくなった所まで来ました。

「何だ、これは。」

将軍《しょうぐん》はけげんそうにあたりを見回しました。

「これは人を葬ったあとですね。」

部下が言いました。

「そんなことはわかっている。問題は誰《だれ》を葬ったかだ。」

「あの洞窟《どうくつ》の中を見てきます。」

　と言って一人の兵士が入って行くと、すぐに、

「将軍！　来てください。」

　と叫《さけ》びました。

　中には王妃ネペレが生前使っていた物がたくさん並《なら》んでいました。ネックレスやドレス、それにくしや靴《くつ》までありました。

「これは王妃ネペレの物だ！　そうか、王妃は死んでいたのか。」

「将軍、どうします。」

　と兵士が聞くと、

　将軍はしばらく考えていましたが、急に外に出ると、

兵士たちに言いました。

「我々《われ》は王子を探しに来たのだ。さあ、急いで探せ。王子はきっとまだ近くにいる。」

「はい。」

部下たちは四方に散りました。

しばらくして部下の一人がもどってきて言いました。

「将軍、王子たちは湖の方へ逃《に》げたようすです。ごらんください。草が倒《たお》れています。これは湖の方角です。」

「よし、全員で湖の方へ向かえ。一刻も早く捕《とら》えるのだぞ。」

暗殺隊は全員湖の方へ移動していきました。

★

暗殺隊が湖の畔に出た時、いままでここに王子たちがいたことをつきとめましたが、もう王子たちは去ったあとでした。

その頃、プリクソス王子とヘレ王女は湖の岸辺を歩きながらどこかに船がつないでないか懸命《けんめい》に探していたのです。


「お兄さま、どこにも船など見当たりません。どうしたらいいのでしょう。」

「こまった。母上は何度も湖に行くように言ってたんだが………。」

「お兄さま、私もう疲《つか》れて歩けません。」

「ヘレ、ここで少し休んでいなさい。ぼくはもう一度探してみるから……。」

プリクソス王子が妹をすわらせ、起き上がってみると、今来た方向に十数人の兵士たちがいるのに気づきました。

それと同時に、兵士たちの方も、王子の姿《すがた》を見つけました。

兵士たちは手に手に槍《やり》を持って、王子たちの方に向かってきます。

「大変だ！　ヘレ！　城の兵士たちが追いかけてくる。逃げるんだ！」

「はい。」

「さあ早く！」

「お兄さま、私はもうだめです。歩けません。」

「何を言ってるんだ。このままだったら、城の兵士たちに捕《つか》まって殺されてしまうぞ！　さあ、立つんだ、ヘレ！」

「でも、私はもう………、お兄さま一人で逃げてください。」

「ばかなことを言うんじゃない。ぼくたちはたった二人の兄妹《きょうだい》だぞ！」

「ええ、でも、命をねらわれているのはお兄さまだけです。私は捕まっても殺されはしません。」

「何を言ってるんだ。今の妃《きさき》イノは、必ずおまえも殺す。」

そうです。王位継承《けいしょう》者の兄を殺せば、次には必ず妹を殺すに決まっています。なぜなら、今のこの二人だけが王家の血をひく者だったのですから。王妃イノはそれを見逃すはずがありません。捕えて、そのまま生かしておくほどばかではないはずです。

そしてまた、プリクソス王子はそれを知っていて、妹を放って自分だけ逃げるような兄ではありません。

そうこうしているうちに城の兵士たちが、どんどん近づいてきていました。

「さあ、ヘレ！ 逃げよういっしょに！

もうそこまで兵士たちが来ている。

ぼくの肩《かた》につかまるんだ。」

「はい。」

　プリクソス王子は妹のヘレをかつぎあげると湖畔《こはん》を走り出しました。


「待て!!」

　うしろでは兵士たちの声が聞こえてきます。

　王子は必死になって湖畔を走りました。

太陽が西に傾《かたむ》きはじめ、草や木の葉がかすかに風にゆれていました。

王子がどんなに速く走ろうとしても、兵士たちとの差はどんどん縮《ちぢ》まっていくばかりです。妹を背負《せお》っている王子よりも、から身で走る兵士たちの方が速いに決まっています。

プリクソス王子は湖の反対側にある森の中へ逃げようと思い、深い入江を回りこみました。

その時、いちばん足の速い兵士が王子たちに追いつき、長い槍で王子を突《つ》こうとしました。

「観念しろ！」

プリクソスはバランスを失って、地面の草の上にころがりました。

兵士が王子に向かって槍をむけました。

王子は腰《こし》の剣《けん》をぬくと、

「サッ！」

と槍を払《はら》いのけ、その拍子《ひょうし》に立ちあがって、兵士の肩を切りつけました。

「あっ……」

兵士の肩から血が流れて、兵士は思わず槍を落としました。

兵士がひるんだすきに、プリクソス王子はまた妹のヘレをかつぎあげ、入江の向こうを回って逃げました。

しかし、湖の反対側についた時、プリクソス王子は力つきて、大きな岩の上にへたれこんでしまいました。

「お兄さま、もうあきらめましょう。………許しを請《こ》うて王にとりなしてもらい、命を助けてもらいましょう……」

王子は下を向いたまま荒《あら》々しく息をしていました。

「…………………。」

「お兄さま！」

ヘレは兄の肩に手をかけて、もう一度言いました。

「ヘレ………。」

「…………。」

二人はじっと見つめ合っていました。

「おお、神よ、私たちをお助けください。」

プリクソスは祈《いの》りました。

その間に、兵士たちは一瞬《いっしゅん》のうちに二人がすわっている岩をとり囲みました。

「将軍がくるまでこうしていろ！」

兵士の一人が槍を王子の胸元《むなもと》に突きつけて言いました。

他の兵士も王子とヘレに向かって槍を突きつけました。

もうどこにも逃げ道はありません。

悪い王妃にねらわれた二人の兄妹は、この大きな岩の上でふるえていました。

もう殺されるのを待つしかないのかも知れません。

プリクソス王子はヘレを抱《だ》きしめながら、空を仰《あお》ぎました。

と、その時です。

大空高く澄《す》みわたった空から、遠くに金色に輝くものがこちらに飛んでくるのが見えました。

それはどんどん大きくなって、はっきりと見えるようになりました。一頭の羊《ひつじ》でした。

その羊には一人の男が乗り、槍をもっていました。羊は全身の毛が黄金《こがね》

色に輝き、ふさふさとしていて、ひと目見て、この世のものではないと思われました。

あっという間に、羊はプリクソス王子たちのいる岩の上に舞《ま》いおりました。兵士たちは、羊の毛があまりにキラキラと輝いていたので、まぶしくて目がくらみました。

羊に乗っていた男が、岩の上におりると、兵士たちに向かって言いました。

「よく聞け、テッサリアの悪人ども！　私は大神ゼウスの伝令神、ヘルメスだ！　おまえたちがしていることは天のゼウスがすべてお見通しだ。この王子と王女は私があずかる。おまえたちに渡《わた》すわけにはいかん。」

「なにお、ヘルメスだと！」

いつの間にか追いついた将軍が言いました。

「ヘルメスなぞ恐《こわ》くてテッサリアの兵士がつとまるか！」

「この神をも恐れぬ不届き者め！　この子らの母ネペレは毎日大神に祈っておったわ！　今日、私はこの子らの母の願いをかなえるためにやってきた。」

そう言うとヘルメスは王子と王女を金毛の羊に乗せました。

「さあ、行きなさい。羊よ、空へ！」

すると、金毛の羊は、二人の王子と王女を乗せたまま、ふわりと舞い上がりました。

そして、ゆっくりと大空へ昇《のぼ》っていきました。金毛の羊はキラキラと輝き、まるで太陽の光が全部反射《はんしゃ》しているかのようでした。

ヘルメスは兵士たちを自分の槍でひとはらいすると、あっという間に兵士達は一人残らず、殺されてしまいました。

こうして、プリクソス王子とヘレ王女の命は、あわやというところで助かったのでした。

二人を乗せた金毛の羊は大空高くずんずんと昇っていきました。

第四章　星になった金毛の羊

その夜、テッサリアは、夕方から真黒な雲がすべてをおおいつくし、雨になりました。

大つぶの雨はしだいに激《はげ》しくなって大嵐《あらし》になりました。

将軍《しょうぐん》のひきいる捜索《そうさく》隊がいつまでたっても帰ってこないことに王妃《おうひ》イノはいらいらしていました。

湖畔《こはん》でどのようなことが起きたのかイノはまったく知らなかったのです。

「将軍《しょうぐん》はいったいどこへ行ったのかしら。何の連絡《れんらく》もないなんて……。」

「王妃《おうひ》さま、どうぞお気をお静めください。」

侍女《じじょ》が言いました。

「あのなまけ者が！」

王妃イノは侍女になだめられると、よけいに、いらだちが増していくのでした。

「あの役立たずめ！」

王妃は兵士を呼《よ》ぶと、

「本当に将軍たちを探《さが》しに行ったのだね？」

と聞きました。

「はい、夕刻《ゆうこく》、数名の兵士を出しました。」

と、その時、一人の兵士がずぶぬれになって飛びこんできました。

「お妃《きさき》さま！　お妃さま！」

「何事です。」

イノは兵士の方を向いて聞きました。

「大変です、将軍さまや兵士たちは皆《みな》、殺されました。」

「そんなばかな！」

「いえ、本当です。この私が森まで行ってこの目で見てきたのです。」

「十数人もの兵士がいたのですよ。」

「はい。でも全員死んでいました。」

「信じられない。誰《だれ》がいったい！」

王妃はぼうぜんとして窓《まど》の外を見やりました。

その時、王が入ってくると
「なに、将軍たち全員がやられたと！」

と聞きました。

「そうです。全員です。何かで一刀のもとにやられたようすでした。」

「プリクソスではないな。あの子があんなに大勢の兵士を一人で倒《たお》せるわけがない。」

王妃は、

「で、王子や王女はどこに？」

と聞きました。

「はい。どこを探しても、お姿《すがた》は見当たりませんでした。」

「何だと！」

「どこにもいないのです。」

「まさか……。」

「王妃さま、これは何かこの世のものではない力が………。」

それを聞くと、王妃イノは見る見るうちに顔があおざめていくのでした。

「それに…………。」

兵士が続けました。

「森の中には、前のお妃さまの葬式《そうしき》のあとが……。」

「なに？　ネペレは死んだのか。」

と王が聞きました。

「はい。」

「おお…………。」

王はこのとき、初めて自分のしたことの重大さに気づきました。

王は何かつぶやきながら、雨の降《ふ》るバルコニーへ出ていきました。

「私は何ということをしたんだろう。………もう、遅《おそ》い。プリクソスはどうなっているのか………。

私は妃を失い、そのうえ、二人の子供もどこかへ行ってしまった。なんというひどいことを………。」

雨が王の顔にふりそそぎ、老いの見えはじめた髪《かみ》がしっぽりとぬれていきました。雨はまるで王の心にしみこんでいくようでした。

「そうだ！　あの女だ！　それも、これも、みなあの女が悪い！　あの女イノを許すわけにはいかぬ………。」


『ピカッ！』

雷光《らいこう》が走り、雷《かみなり》がゴロゴロと鳴りわたりました。

夜半になって、雨はいっそう激しさを増してきました。

王はずぶぬれになったまま、ずっとバルコニーにかがみこんで何かを考えていました。

しばらくして、王妃イノがバルコニーに出てきました。

「王さま！　お体にさわります。どうぞ中にお入りくださいませ。」

イノはもう別の作戦を考えついたように落ちついた声で言いました。

王は静かに自分の胸元《むなもと》へ手を入れると、短剣《たんけん》をぬき、近づいてくる王妃イノに向かって、

「えいッ!!」

と、一息に刺《さ》しました。

王妃イノは、

「ああ、王さま……なぜ……。」

という声を残して、その場にくずれ落ちました。

王は短刀をしっかり握《にぎ》りしめたまま、

「おまえが悪いのだ。おまえがすべてをだめにした。」

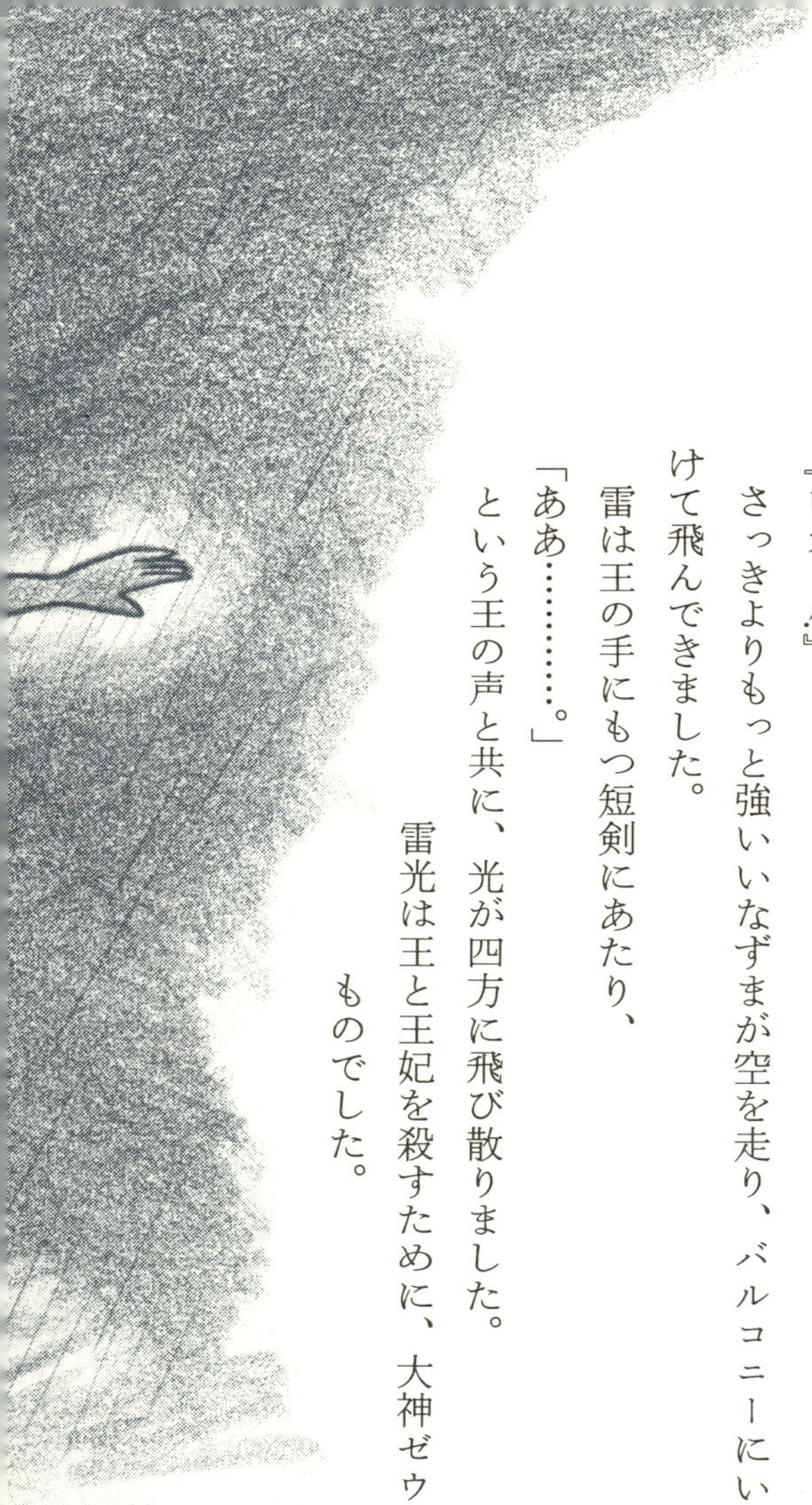

と叫んで、短刀をもつ手をゆるめようとしませんでした。

バルコニーは王妃の胸から流れ出す血でいっぱいになりました。

と、その時、

『ピカッ!!』

さっきよりもっと強いいなずまが空を走り、バルコニーにいる王をめがけて飛んできました。

雷は王の手にもつ短剣にあたり、

「ああ………。」

という王の声と共に、光が四方に飛び散りました。

　雷光は王と王妃を殺すために、大神ゼウスが放ったものでした。

王は雷の一撃《いちげき》でばったりとバルコニーに倒れました。
テッサリアの城は、今、血の海に、雷の光が飛び交《か》って、城全体が滅《ほろ》び

ていくようでした。
雨が激しく降り、バルコニーにあふれている血をどんどん洗《あら》い流してい
きました。

★

一方、プリクソス王子と王女ヘレを乗せた金毛の羊は、大空高く東の空
をコルキスの方へ飛んでいました。

ところが、そのスピードがものすごく速いために、プリクソスもヘレも、
つかまっているのがやっとでした。

「お兄さま、私、もうつかまっていられません。」

「ヘレ、がんばるんだ。あと少しだから…」

「お兄さま、私は……」

二人の声は強い風にさえぎられてよく聞きとれないほどでした。

その時、前にもまして激しい突風《とっぷう》が、二人の所に吹《ふ》いてきました。

その風にあおられて、とうとうヘレは金毛の羊から手を離《はな》してしまいました。

「ヘレ！」

「お兄さま！」

ヘレの体は宙《ちゅう》に投げ出され、みるみるうちに遠ざかっていきました。

「おにいさ……………。」

「ヘレ――――ッ！」

ヘレはあっという間に下へ落ちていきました。

「金毛羊さま！　私の妹を助けてください。」

プリクソスは金毛の羊にたのみました。

すると、金毛羊はすぐに向きを変えると、妹が落ちて行った方に飛びました。

「ヘレ――――!!」

プリクソスは大声で叫《さけ》びました。

金毛羊がヘレに追いついた時、ヘレはもう激しい勢いで海の上に近づいていました。

プリクソスは妹の手をしっかりとつかみました。

「グィッ！」と力がかかりました。

金毛羊はそれを見とどけると、また、空へ昇《のぼ》って行こうとしました。

しかし、その時の力はとても激しく、プリクソスの手からヘレの腕《うで》がすりぬけて、ヘレは海の中に落ち、あっという間に海底に沈《しず》んでしまいました。

こうして、テッサリア王家の悲劇《ひげき》は終わりを告げました。

後に、ギリシャ人たちは、ヘレが落ちて死んだ海を、ヘレの名にちなんで、「ヘレスポントス海峡《かいきょう》」と名づけました。それは「ヘレの海」という意味でした。

金毛の羊に乗って、命が助かった王子プリクソスは、コルキスにつきました。

コルキスとは、黒海の東岸、今のコーカサス地方にあたります。

プリクソス王子はコルキス王の暖《あたた》かい歓迎《かんげい》を受けました。プリクソスはその後、この国でずっと、末長く幸せに暮《く》らしたと伝えられています。

★

当時、ギリシャの国々では、このように自分の命を救ってくれたものは、すべて大神ゼウスにささげることになっていました。感謝の気持を伝えるためです。

金毛の羊は、大神ゼウスにささげられ、その毛皮は末長く、国の宝とされました。

大神ゼウスは、これを受けて、この国、コルキスに繁栄《はんえい》をもたらしました。

そして、王子の命を救った金毛羊の魂《たましい》を天にあげて、星に加え、今の「牡《お》羊座《ひつじざ》」にしたということです。

「この国の命はこの金毛の羊皮にある。」

という神託《しんたく》を受けたコルキスの王は、金毛羊皮を森の木に高くかかげ、口から火をはく竜《りゅう》に日夜守らせました。

そして、ここに数十年の歳月《さいげつ》が流れ、コルキス王は王位を守りつづけ、金毛羊皮に守られて、天命をまっとうしました。そしてあのプリクソス王子も幸せに暮らしてなくなりました。

★

あれから、何年も何十年もたちました。

コルキスにある金毛羊皮の噂《うわさ》が全ギリシャの国々に知れわたりました。

そして、この金毛羊皮を自分のものにしたくなる王がたくさんでてきました。

それはまた、言いかえれば、古代ギリシャの国々ではそこまで王権や地位は危《あや》うく、何かにたよらなければ守っていけなかったことを証明していたのでした。

こうして、プリクソスの命を救った金毛羊皮は、また歴史《れきし》の舞台《ぶたい》へ引き出されていくのでした。

第二部　アルゴー丸の航海

第一章　エーゲ海の海辺

どこまでも澄《す》んだ青い空。
白い雲が浮《う》かび、小鳥たちが唱《うた》う。
海辺の砂浜《すなはま》にはさざ波が絶えることなくうち寄せて、花々がそよ風にゆれていました。

エーゲ海。

この海に面した小さな国イオルコスに、イアソンという運命にもてあそばれた王子がいました。

王子イアソンは毎日、海辺に立つと、遠くエーゲ海を見つめて考えていました。

若《わか》くてたくましい青年イアソンが、海を見つめて物思いにふけっている姿《すがた》は、いたましいほど孤独《こどく》に見えました。

このエーゲ海を渡《わた》り、黒海に面したコルキスの国に「金毛の羊皮《ようひ》」があるといいます。

イアソンはその「金毛の羊皮」を手に入れなければ、王の位を継《つ》ぐこと

ができないのでした。

★

「イアソン、金毛羊皮を取ってこい。そうしたら王位を渡《わた》す。」イアソンがりっぱな青年になって、国にもどってきた時に国王からそう言われたのでした。

これは「おまえには王位は渡せない。」というのとまったく同じことでした。

「金毛の羊皮」といえば、海をへだてた遠い国にあり、そのうえ、口から火をはく竜《りゅう》に守られていて、簡単《かんたん》に取ってくることなどできないのです。

コルキス国へ行くことだけでもたいへん危険《きけん》なことなのに、うまく行きつくことができても、竜と戦って勝たねばなりません。しかも今までに何人もそれに挑戦《ちょうせん》して、ことごとく敗れていたのでした。

イアソンはこの時、初めて、自分の叔父《おじ》にだまされていたことを知りました。


イアソンの心を悲しませていたのは、戦いに行かなければならないということよりも、自分が今まで信じていた叔父さんにだまされていたという孤独な気持でした。

今の王ペリアスはイアソンの叔父でしたが、本当の王位はイアソンの父、アイソンにあったのです。ですからイアソンが成人したら、前王の実子の自分に王位が渡されるということになっていました。イアソンは自分が帰国したら、叔父のペリアスは快く王位を返してくれると信じていたのでした。

ところが、自分が帰ってきたとき、思いもかけずあのようなことを言われたのでした。

イアソンはエーゲ海の海辺にたたずみながら、自分が帰国して最初に王と対面した時のことを思い出していました。

★

「イアソンよ、よく帰った。待っておったぞ！」

イアソンが帰国して、城《しろ》の中に入った時、叔父のペリアス王がイアソンをひと目見て、こう言いました。

「叔父上！　ただいま帰りました。」

「大きくなったな、イアソン。」

王は満面に笑《え》みを浮かべて、イアソンの手を握《にぎ》りました。

イアソンは姿勢《しせい》を正すと、

「叔父上、私は今日、王位につくために帰国しました。」

と言いました。

「わかっておる、わかっておる。わしはおまえが帰ってくるのをずっと待っていたのだ。」

ペリアス王はイアソンの肩《かた》に手をおいて、大きく笑《わら》いながら言いました。

「はい。」

「イアソン！」

王は笑いを止めると、急に真顔になって、言いました。

「わしは今すぐにも、おまえにこの国の王位を返したいのだが………」

王はイアソンから目をそらすと城の窓《まど》から外を見ました。

「わしは心配なのだ。おまえは、武人としても、知恵者としても申し分ないのだが………。」

イアソンは実際、ギリシャ一の賢人《けんじん》ケイロンにあずけられ、学問や武術を学んできたのでした。

「しかし、その………国王として国を治めるにはそれなりの政治力がいる。」

「はい。」

イアソンは何を言われているのかよくわかりませんでした。

「それでだが、国じゅうの人間が、おまえなら王位を受けても充分《じゅうぶん》やっていけると、納得《なっとく》しうる証明がほしいのだが……」

「はあ?」

「いや、王位を継ぐということについての証明ではない。」

「では何を?」

「おまえなら大丈夫《だいじょうぶ》だと思われるようなものだ。」

「…………。」

「おまえを国王として迎《むか》えるためには、それ相応の力がいるということじゃ。」

「…………。」

「いや、力があることは、わしは充分知っている。その証明を国民にして

ほしいのだ。」

「はい。」

「どうだ、ひとつ、コルキスの国にある金毛の羊皮を奪《うば》ってきてくれぬか。」

「ええ？　コルキスの金毛羊？」

「そうだ、あれは国を守る神として全世界の人間に尊《たっと》ばれている。」

「はっはい。」

「しかも、あれは口から火をはく竜に守られていると聞いた。その竜を殺して、金毛羊皮を奪ってきたら、このイオルコスの国民はすべておまえのことを英雄《えいゆう》と認め、たのもしく思うだろう。そしておまえのことを新しい王として喜んで迎えるに違《ちが》いない。」

「火をはく竜を殺して金毛羊皮を?」

「そうだ。そうしたら、私は安心しておまえに王位をゆずれる。」

「…………。」

「おまえがその時に王位を継げば、国民はみなおまえの言うことを聞くだろう。」


当時のギリシャでは、金毛の羊皮を持っている国の王は末長く王位を守れると信じられていました。ですからコルキスの国でも、この金毛の羊皮を国の宝として大切にし、竜を番につけていたのでした。

しかし、それだけ大切なものだからこそ、他国に渡さぬよう強い竜に守らせていたとも言えますし、今までにたくさんの英雄と名のる人物が、金毛羊皮を奪おうとして竜と戦って、一人残らず、竜の口からはき出される炎《ほのお》で焼き殺されていたのでした。

ですから、王ペリアスはイアソンが金毛羊皮をとりに行ってもきっと竜にやられてしまい、殺されるだろうと思っていました。そうすれば王位は引きつづき自分のものになり、もう、自分の地位をおびやかす者が現われることもなくなると考えていたのでした。

暑い午後の城中《じょうちゅう》で、王の部屋《へや》にいる二人に短い沈黙《ちんもく》の時間が流れました。

今ここに不幸な時を経て成人に達した若い王子と、ずるがしこい王が相対して、相手の心を読みとろうとしていました。

若い王子が沈黙を破りました。

「王さま、イアソンは王さまの言われることがよくわかりました。コルキスへ行ってまいります。」

「おお、そうか！　よくわかってくれた。ありがとう、イアソン。」

イアソンには、竜を殺す自信などまったくありませんでした。しかし、王位が自分にあることをここで強く言って王権を取りもどすよりは、今、王の望む方法をとることの方が人間として誠《まこと》の心を持っていると思い、そう考えたのでした。

今、王権を主張したら、王と戦うことになり、王を殺すことはできたかも知れません。

しかし、イアソンはそうするよりも、金毛羊皮を持って帰って、平和的に王位を取りもどすことにすべてをかける気になったのです。

なぜなら、もし、ペリアス王を殺してしまえば、自分もまたいつか、必ず誰《だれ》かに殺されると思ったからです。

「剣《けん》を使うものは剣で滅《ほろ》びる」と言います。そうなれば、城中は、血で血を洗《あら》う戦場になってしまいます。また、自分の王座も血で汚《よご》れることになります。

イアソンはイオルコスを平和に治めたかったのです。

武力を使わなくても、人間は必ず成功します。いや、武力を使わない人

の方が本当の成功をおさめます。血に汚れた王権はまた血で奪われるものです。

人間は工夫《くふう》をすればなんとかなるのです。

工夫をし、考え、努力すれば、道はおのずと開けていくものなのです。

しかし、それにしても、コルキスの竜は、イアソンにとってはとても強い強すぎる相手でした。

★

じっとエーゲ海の海を見つめていたイアソンは、海辺に咲《さ》く赤い花に、そよ風に乗って舞《ま》ってきた蝶《ちょう》がたわむれていることに気づきました。

それはまるで愛する者どうしが、さんさんとふりそそぐ太陽の光の中で幸せそうに、愛の踊《おど》りを楽しんでいるように思えました。

イアソンは、愛のない権力争いをしなければならぬ自分の運命に耐《た》えて

いました。

「もっと人間どうしが愛し合うことを知ったら……

……。」

イアソンはそう思いました。

「平和の神エイレネーよ、私は戦いを好《この》みません。どうかこの国に平和を……。正義の神ディケーよ、この世に戦いなき正義を……。」

イアソンはそう祈《いの》りました。

しかし、現実は厳《きび》しく、イアソンは竜と戦わねば、この国に正義はもどってこないのです。

★

イアソンはとぼとぼとペリオン山の方へ歩いていきました。

後ろには、イオルコス城が、世の中を威圧《いあつ》するかのごとく、どっしりとそびえたっていました。

ペリオン山の中腹《ちゅうふく》には、大きなほら穴《あな》があって、その頃《ころ》そこに自分を育ててくれたケイロンという賢人が住んでいました。

イアソンは、城をあとにして、このケイロンに相談しに行くことに決めたのです。

太陽の光がさんさんとふりそそぐ中、イアソンはまぶしそうに顔をしかめながら、額の汗《あせ》をぬぐおうともせずに、岩でごつごつした道を登っていきました。

第二章　ケイロンの教え

「イアソン！　イアソンではないか！」

　高い岩の上から声をかけたのは英雄《えいゆう》アルゴスでした。

　イアソンは声のした方を見上げると
「やあ、アルゴス、元気だったか。」

　と聞きました。

「元気さ。それより、どうしてここへもどってきたのだ。」

「…………。」

「おまえは確か、イオルコスの王位を継《つ》ぐために帰ったのではなかったか。」

「そうだが……。」

「そこにいろ！　すぐにおりていく。」

　アルゴスは岩から、ひらりと飛び降《お》りると、イアソンの前に立って言いました。

「元気がないな、イアソン！」

「…………」

「どうしたのだ？」

イアソンは事のわけをアルゴスに話しました。

「ええ？　金毛羊皮《ようひ》を!!」

さすがのアルゴスもびっくりしました。

そこへ二人の声を聞きつけてやってきたのが英雄ヘラクレスでした。

「聞こえたぞ、イアソン。」

「ああ、ヘラクレス。」

「イアソン、すぐに我《われ》らが師、ケイロンに相談に行こう。」

★

ケイロンとはのちに「射手座《いてざ》」として星にまつりあげられたほどの武術や学問の師でした。

ギリシャの神々からの信頼《しんらい》も厚く、地上にいる時は半神として扱《あつか》われ、人間の能力をはるかに超《こ》えた人でした。

姿《すがた》は、上半身が人間で、すべての学問に通じ、下半身は馬で、誰《だれ》よりも力があり、底知れぬ力を秘《ひ》めていました。

ギリシャの英雄たちはこぞって一度はケイロンに学ばなければならないといわれるほど、その名はギリシャ全土に知れわたっていました。のちに、ケイロンはオリンポス山のふもとにケイロン学院という学校を建て、多くの英雄を世に送りだしたといいます。

その夜、ペリオン山のほら穴《あな》では、一本の大きな炬火《たいまつ》を囲んで、英雄たちが相談をしていました。

星が空一面にキラキラと輝《かがや》き、静かな夜でした。

岩にほられた大きな穴の中で、英雄たちはイアソンを助けるためにいろいろ策《さく》をねっていました。

ケイロンは、

「イアソン、どんな困難《こんなん》なことでも、やってやれぬことはない。そのためには、知恵《ちえ》を働かさねばならぬし、友達の力を借りることも考えねばならぬ。」

「はい。」

「おまえが私のところにいた時は、学問はしっかりやっておったが、武術についてはもう少し修業《しゅぎょう》が必要だと思っていた。」

「私は、武術を使わなくても平和に国を治められると思っていました。」

「しかし、現実はそうだろうか。」

「…………。」

「現実に、人間は戦わねば生きていけぬことが多い。」

「はい。」

「おまえは、イオルコスの正当な王位継承《けいしょう》者だ。だが、今、王位は叔父《おじ》に奪《うば》われている。知恵ではどうにもならぬ。コルキスの金毛羊皮をとってこ

なければ王位につけぬのだ。今は、竜《りゅう》と戦うことを考えねばならぬ。」

「はい。でも……私には……。」

「力がない、と言いたいのだな。」

「はい、それに、コルキスまで行くには、どんな嵐《あらし》や波にもこわれない船が必要です。今の私には何もないのです。」

「おろか者、おまえがここにいた時、わしは何をおまえに教えた？」

「はい。」

「わしはおまえに、学問や武術だけではない、人間に必要な友情というものも教えたはずだ。」

「…………。」

「おまえは一人でコルキスまで行くつもりか。なんのために友人がいるのだ。」

「…………。」

「おまえ一人でコルキスまで行っ

て竜を倒《たお》すことができるくらいなら、友人はいらない。よいか、イアソン、一人では何もできなくても、みんなで力を合わせればなんとかなるものだ。おまえは今、力を合わせるとはどういうことか学ぶのだ。」

「はい。」

イアソンは首をたれると、炬火《たいまつ》の明りに照らされた石の床《ゆか》を見つめました。

するとそこには、元気いっぱいのヘラクレスや、何かを思いついたアルゴスの顔が、きれいに磨《みが》かれた床《ゆか》に映《うつ》っていました。

　イアソンは顔をあげると、アルゴスに向かって、

「アルゴス、君に……」

　と言うと、アルゴスはイアソンの言葉《ことば》をさえぎって、にっこりと笑《わら》うと、

「船造りはこの俺《おれ》にまかしておけ！」

　と言いました。

「アルゴスは船造りの名人だ。ここに来て、設計をしたり船を造ったりする勉強をずっとしていた。」

　とケイロンが言いました。

「そうか、アルゴス、船をたのむ。」

「わかった。まかしておけ、どんな嵐にも負けぬ船を造ってみせるわ！」

　すると、ヘラクレスも、

「実戦になったら、この俺がいるさ。それにカストル、ポルックス兄弟もいるではないか。」

と言いました。

すると今度は、

「私も忘《わす》れてはこまるよ。」

とすみの方で琴《こと》をもったオルフェスが言いました。

「オルフェス、おまえは、音楽の名手といわれて、それしかできないではないか。」

とヘラクレスがからかいました。

「これは、君の琴を聞く音楽会ではなくて、戦いなのだぞ。」

とアルゴスがまぜかえすと、全員が笑いました。

オルフェスはいじけた顔をして下を向きました。

「いや、みんな静かに！」

師ケイロンがみなを止めました。

「オルフェスはたしかに戦いには向かない。しかし、君たちも知ってのとおり、オルフェスの琴は世界一だ。それには神がかり的な魅力《みりょく》がある。何かのときにきっと役に立つはずだ。」

ケイロンがそう言うと、全員がオルフェスの方を見ました。

オルフェスは琴をじっと抱《だ》きしめて、自信ありげにうなずきました。

「では、決まりだ！　明日からみなアルゴスの指示通り船を造ろう！」

ヘラクレスがそう言って話し合いは終わりました。

★

次の日から、アルゴスの設計どおりに船造りが始まりました。

森からもみの木を切り出し、けずる者、布をつないで帆《ほ》を作る者、船首につける女神の像をほる者、長い遠征《えんせい》用に食糧《しょくりょう》を調達する者、戦いにそなえて弓《ゆみ》や矢《や》、剣《けん》を作る者……………………。

ペリオン山はいま、英雄達のかけ声でいっぱいになっていました。

こうして船ができあがりました。

船は設計者アルゴスの名前をとってアルゴー丸《まる》と名づけられました。

二本の大きなマストは、双子《ふたご》の兄弟、カストルとポルックスがたて、船首には女神アテナの像がつけられました。

女神アテナは英雄の守護《しゅご》神であり、戦いの神でした。また後には航海の安全をつかさどる神とも言われました。

★

女神アテナはこの船に、人間の言葉を使って神の予言ができる能力を授《さず》けて、船首の女神像から、乗組員に伝えるようにしてくれました。それは、この船の安全な航海ができるように半ば約束《やくそく》してくれたようなものでした。

西風の吹《ふ》くある日、アルゴー丸は、ギリシャ全土から集まった英雄五十人を乗せて、エーゲ海を一路、北東に向けて出帆《しゅっぱん》しました。

航路はエーゲ海を東向きに横切り、レムノス島を左に見て進み、そこから船首を北にとってヘレスポントス海《かい》峡《きょう》を通って、マーマラ海に入り、岩と岩にはさまれるような細い水路をぬけて黒海に入り、東へ進んで、黒海の東岸にあるコルキスへ行くというものでした。

当時としては、まさに命がけのたいへんな大航海といえるものでした。

途中《とちゅう》、ヘレスポントス海峡というのは、昔《むかし》、金毛の羊が空を飛んで行ったとき、乗っていた兄と妹のうち、妹のヘレが落ちてなくなった海峡でした。

航海は最初順調に進み、時には戦い、時にはのんびりと休み、マーマラ海に入った頃《ころ》は、英雄たちは全員気もゆるみがちになっていました。

ところが、ここから黒海にぬける水路が最大の難所でした。

「シュンプレガデス」と呼《よ》ばれている水路で、両側に岩が突《つ》き出ていて、舵《かじ》さばきを誤《あやま》ると船がすぐに座礁《ざしょう》してしまうのです。


アルゴー丸がこの水路に入った時、思わぬ事が起きました。

「イアソン、前を見ろ！」

そう叫《さけ》んだのはヘラクレスでした。

イアソンは船首へ出て、前にたちはだかる岩を見ました。

すると、そこでは、岩と岩が波間でぶつかり合い、砕《くだ》け散っているではありませんか。

岩は次から次へと押し寄せて、いつの間にか水路が閉じてしまったのです。

「相手が人間ならば、必ずやっつけてやるのだが！」

ヘラクレスは地だんだを踏《ふ》んでくやしがりました。

これにはさすがの英雄たちも、なす術《すべ》を知りません。

岩はぎしぎしいってこすれ合っています。

すると、突然、女神アテナの声が聞こえました。

「ギリシャの英雄たちよ、何を恐《おそ》れている。何のために私はおまえたちに知恵をかしたのだ。時を待て！　時を。今、この水路は月の神アルテミスが移動しているのです。」

そう、これは、月の満ち欠けによって生じる海流の流れのため、波が荒《あ》れ、しかも、ひき潮《しお》で、海水がエーゲ海の方に流れていったあとなのでした。

「時のたつのを待って、ハトを飛ばしなさい。ハトが飛んで通りぬけられるまで待つのです。」

やがて、月の神がおだやかになると、水路はまた開けて、ハトが飛べるようになりました。

「それ！　今だ！　帆をあげろ――！　カイをこげ!!」

号令が飛び交《か》い、アルゴー丸はいっきにこのせまい水路を通りぬけて、広々とした黒海に出ることに成功しました。

第三章　薄幸《はっこう》の乙女《おとめ》

夕陽《ひ》がゆっくりと海のかなたに沈《しず》んでいきました。

海の上には、燃えつきた太陽のかけらが一条の帯になって残り、紅《あか》い光が波に浮《う》かんでいるようでした。

その光の中で、ホホを紅く染《そ》めた乙女が、コルキスの海辺で、沈んでいく夕陽を見つめていました。

少女は肩《かた》から足元までひきずるような長くて真白なドレスを着ていました。

長い髪《かみ》の毛が細くてこわれそうな肩にかかり、夕暮《ゆうぐれ》の風に流れていました。

やや細めの目はほりが深く、鼻すじが真直《まっすぐ》にとおり、上品な口もとには、幸薄《さちうす》いうれいがありました。

こうして少女はときどき海辺で物思いにふけっているのでした。

メディアという名のこの乙女は、このコルキスの国の王女でした。

ところが、悪い女王のために、王の本当の子供でありながら、不浄《ふじょう》の子として扱《あつか》われ、召使《めしつか》い部屋《べや》にほうりこまれ、召使い同然のことをさせられていました。

「メディア、今日は舞踏《ぶとう》会があるから、私のドレスをいつでも着られるようにしておきなさい!!」

「メディア、掃除《そうじ》はちゃんとしたの!!」

「メディア、はやく食事の用意をしなさい!!」

毎日毎日、メディアは女王や侍女達《じじょたち》にいじめられていました。

夜になっても休む暇《ひま》もなく皿洗《さらあら》いや、まま母の妃《きさき》のドレスのリボン付けをさせられていました。

その仕事のあい間を見ては、こうして夕暮の海辺に出てきて、遠くギリシャの方を見つめながらひとりでさめざめと涙《なみだ》を流すのでした。

「ああ、いつになったら、私を救ってくれる王子さまが現われるのかしら………」

少女の涙のつぶに、太陽の最後の光があたってキラッと光りました。

★

何年も前のことでした。

少女がまだ小さかった頃《ころ》、お母さんがなくなってすぐに新しい妃が来た時、召使い部屋へなげこまれて、一晩《ひとばん》じゅう泣《な》いていると、かたいベッドの上で夢《ゆめ》を見たのでした。

「メディアよ、メディア、元気を出して！　あなたが大きくなったら、必ず私が助け出してやります。」

メディアは、ハッとして目を開けると、真暗闇《まっくらやみ》の召使い部屋の入口に、一人の美しい女の人が立っていました。

「あなたさまは？」

「私は愛の女神ヴィーナスです。」

「…………」

「メディア、あなたが大きくなったら、遠い国から王子が現われて、あなたはその人の妻になって幸せになりますよ。」

「でも、私は召使い………。」

「メディア、愛は召使いにも平等に与《あた》えられています。」

「…………」

「でも、どうやって私は………。」

「心配しなくてもいいのよ。ただ、あなたはその人に愛を感じた時、少し苦しむことになるかも知れません。」

「どうすればその方に会えるのですか。」

　女神はそれには答えず、

「その方に会ったら、この薬をあげなさい。この薬はきっとあなた方を守ってくれます。いいですね。」

　と言って、一本の瓶《びん》を渡《わた》すと、愛の女神はそのまま姿《すがた》を消してしまいました。

「待ってください！」

メディアはそう叫《さけ》びましたが、もう女神の姿はなく、あとには薬の入った茶色い瓶が残されているだけでした。

少女はそれからというもの、毎日毎日愛の女神に願いがかなえられるようお祈《いの》りをしていました。

「王子さまがいつか私を助けに来てくれる。」

それは幸薄い少女にとって大切な生きがいでした。

人間にとって生きがいがあるということはとても大切なことです。また、生きがいや夢を持つということはどれほど心を慰《なぐさ》め、励《はげ》ますことでしょう。特に幸薄い女の子にとって、「愛」という生きがいはなによりもかえがたいものなのです。

少女メディアは、こうして少しづつ元気になり、どんなにつらいいやな仕事でも自ら進んでやるようになりました。

「生きて生活する」ということは、いつの世でも本人にとってはつらいものです。

しかし、愛あればこそそのつらさも半分になっていくものです。

こうして十数年の歳月《さいげつ》が流れ、メディアは愛の王子が現われるのを今か今かと待っていたのでした。

★

アルゴー丸《まる》が危険《きけん》な航海をやりとげて、黒海に入り、東のコルキスに着いたのは、出帆《しゅっぱん》してから一年もたってからでした。

夕暮にコルキスの浜辺についたイアソンが最初に見つけたのは、浜辺にたたずんで夕陽を見ていた少女メディアでした。

イアソンは船から降《お》りると、すぐにメディアに近づき、王子らしくていねいにあいさつをしました。

「私はイアソンです。この船はアルゴー丸と言って、ギリシャのイオルコスから来ました。」

「私はメディア。」

少女は顔を少し赤らめて小さな声で言いました。

「私は故《ゆえ》あってこの国にあると言われている金毛の羊《よう》

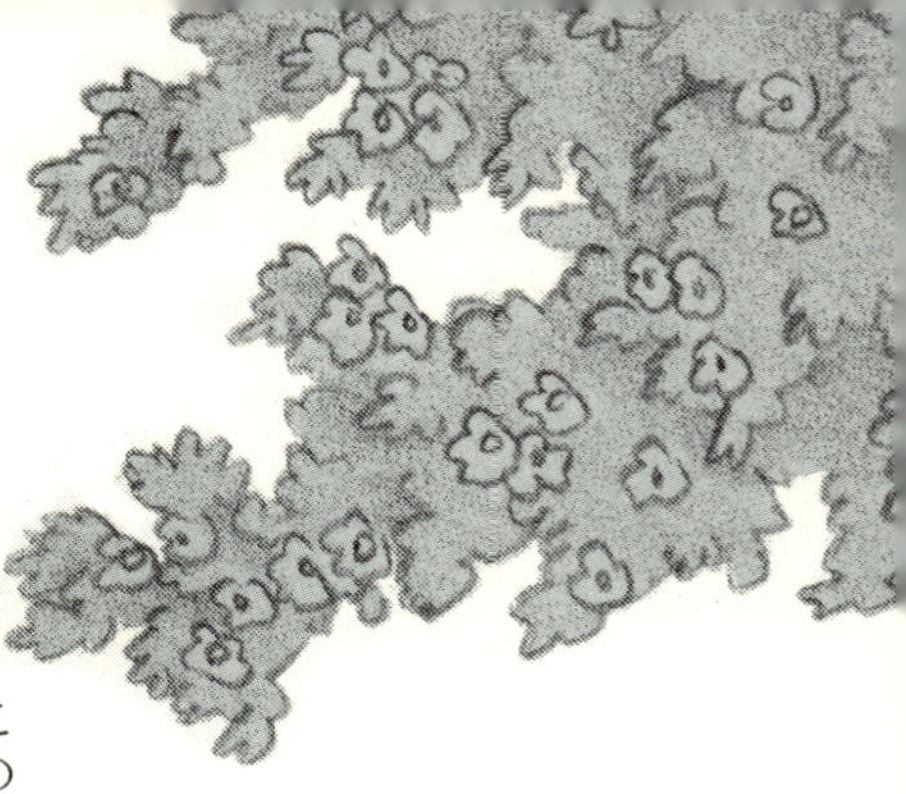

皮《ひ》をいただきに来ました。」

「ええ？」

少女はびっくりして声も出ませんでした。

メディアは、この人こそ自分を救ってくれる人と直感でわかっていました。でも、あの愛の神が約束《やくそく》してくれた王子が、金毛の羊皮を取りに来た人とは……。

「私は、イオルコスの王子です。」

「……。」

「どうかなさいましたか？」

メディアは、イアソンと名のる青年が、その物腰《ものごし》やていねいさからどこかの国の王子であるとすぐにわかりました。

「あなたは金毛の羊皮がこの国にあることを知っていますね。」

イアソンが聞きました。

「はっはい。」

「では、どこにあるのか教えてください。」

「でっ、でも。」

「どうしたのですか。」

「あれはこの国の宝《たから》です。私がどこにあるか教えてさしあげても、あれをとることなどとても無理です。」

「なぜです？」

「…………。」

メディアは、この王子をひと目見て、自分を救ってくれる王子であると思いましたが、その王子が火をはく竜《りゅう》と戦うなど考えられなかったのです。そして同時に、自分を救ってくれるはずの王子が自分の国を滅《ほろ》ぼすことになるのです。

なぜなら金毛の羊皮はこの国を守っていたものだからです。

メディアは迷っていました。

このままイアソンに金毛の羊皮のある場所を教えたらイアソンはとりに

行くに違《ちが》いありません。そうしたら、イアソンは竜の火で焼き殺されてしまいます。

また、イアソンがとることに成功しても、この国は滅びるのです。

メディアは苦しそうに言いました。

「金毛の羊皮は火をはく竜に守られています。今までにたくさんの武人があれを奪《うば》おうとして近づきましたがみんな焼き殺されています。」

「私は大丈夫《だいじょうぶ》です。あの船にはギリシャの英雄《えいゆう》が五十人もいるのです。」

「たとえ、どんなに強い英雄が五十人もいても、竜のはく火をさえぎることなどできません。」

イアソンは一瞬《いっしゅん》ドキッとしました。

これほど確信をもって、自分たちのように見るからに英雄と呼《よ》ばれるにふさわしい男たちに、堂々と否定《ひてい》的な言葉《ことば》を言うのですから。

「私たちは、ギリシャではみな英雄と呼ばれている者ばかりです。今までに負けた戦いは一度もありません。」

とイアソンが言うと、メディアは答えました。

「ギリシャではそうかも知れませんが、この国ではわかりません。」

「なぜですか。」

「この国には強い軍隊がいます。竜を殺して金毛の羊皮をとれたとしても、軍隊があなた方を殺してしまいます。」

「メディアさまとおっしゃいましたね、あなたはこの国の……。」

「私はこの国の王女です。」

「やはりそうでしたか。では、あなたの国の国王に会わせてください。私たちは英雄ですが、自ら戦いを好《この》みません。できれば話し合いで、金毛の羊皮をいただきたいのです。」

「それは無理です。私は王女でも、今は不遇《ふぐう》の身で、王に会うことなどできないのです。王にとりなすこともできません。」

「ではせめて金毛の羊皮がある所を教えてください。」

「あれは、あの森の中にあります。でも、王子さま、行かない方が……。」

「いえ、私は行かなくてはならないのです。」

「なぜです。」

「私はあの金毛の羊皮がなければ王位につけないのです。」

「なぜでございます。」

「私は正当な王位継承《けいしょう》者なのですが、叔父《おじ》にだまされて王位を奪われてしまったのです。それを取りもどさなければギリシャを救えないのです。それには金毛の羊皮が必要なのです。」

「まあ……」

メディアは、この王子の境遇があまりに自分に似《に》ているのにびっくりしたのでした。

「あなたに迷惑《めいわく》はかけません。ありがとう。」

イアソンは全員に合図をすると、すぐに出発の準備にかかりました。

出発の準備が整うと、イアソンはメディアに向かって言いました。

「もし成功して帰ったら、あなたを私の妻として迎《むか》えたい。いいですね。」

「…………。」

メディアは静かにうなずきました。

第四章　愛の女神

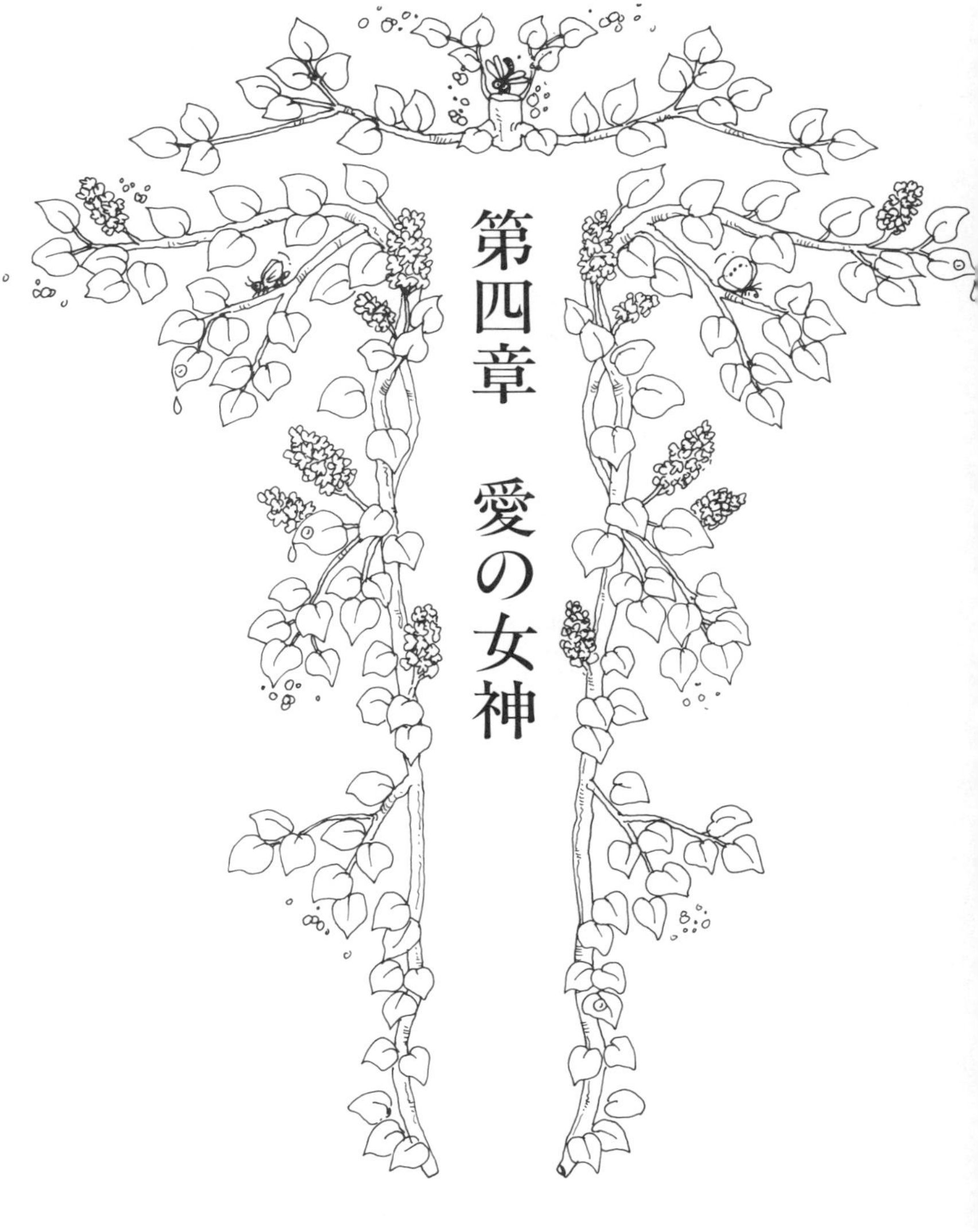

「ああ、愛の女神ヴィーナスさま、私はどうすればいいのでしょう。

私はあの王子さまを愛してしまいました。

でも、あの方は今、死にに行こうとしています。

竜《りゅう》の火はあの方を必ず焼き殺してしまいます。

たとえ成功しても、軍隊があの方を……。

そして、この国も滅《ほろ》びてしまうかも知れません。

女神ヴィーナスさま、あなたがおっしゃった『苦しみ』とはこのことでしょうか。

どうか私になすべき道をお示しください…………。」


夜の帳《とばり》がおり、空には星がキラキラと輝《かがや》いていました。

メディアは海辺にひざまずくと一心に祈《いの》りました。

「あの方がなくなったら、私も生きてはいけません。あの方が私を迎《むか》えに来てくださらないのなら、私はもうこれ以上耐《た》えていけません。」

すると、その時、前にもまして荘厳《そうごん》で、やさしい愛の女神ヴィーナスの姿《すがた》が目の前に現われ、メディアに向かって、やさしく声をかけました。

「メディア、あなたは本当にあの王子を愛していますか？」

「はい。私は心の底からあの方を愛しております。」

「本当ですね。」

「はい。」

「では、なぜ愛に生きないのです。」

「…………。」

「愛こそ、神が人間に与《あた》えた心の財産です。何も迷うことはありません。あの王子を愛しているのなら、なぜあの王子を助けようとしないのです。」

「助けるって？　私には何の力もありません。あの方をどうやって助ければよろしいのでしょう。」

「私が昔《むかし》、あなたに渡《わた》した薬をすぐに王子にやりなさい。」

「薬を?」

「そう、あれは竜の火から体を守ることのできる薬です。さあ早く!」

「はい!」

★

「王子さま!　王子さま!」

メディアは薬の瓶《びん》をしっかり握《にぎ》りしめて、森へ入ったイアソンを追いかけていきました。

「王子さま!　王子さま!」

メディアの呼《よ》ぶ声に、森の中ほどまで来ていたイアソンたちは立ち止まりました。

「王子さま!　この薬を……………。」

そう言うとメディアは王子の腕《うで》の中にばったりと倒《たお》れました。

「どうしました。メディア王女。」

この時、メディアは初めて自分のことを王女と呼んでくれる人に会ったのでした。

「この薬をどうすれば……」

「…………王子さま！………」

「しっかりしてください。」

メディアはイアソンに抱《だ》かれたまま、かすかな声で言いました。

「この薬を体にぬってください。そうしたら竜の火から守れます。」

「この薬を体にぬるのですね。わかりました。あなたは私に………私を助けてくれる気になったのですね。」

「はい。」

メディアはかすれた声で言いました。

「ありがとう、メディア、この戦いが終わったら、結婚《けっこん》してください。」

「はい。」


メディアは、医者のアスクレピウスによってすぐに手当てされました。アスクレピウスはギリシャ一の名医で、このアルゴー隊に入って来ていたのでした。


こうして、イアソンはメディアからもらった薬を体にぬりつけて、竜のいる森に入っていきました。

森の奥《おく》には、中央の祭壇《さいだん》の上に、こうごうしく飾《かざ》られた金毛の羊皮《ようひ》がありました。

「おお、あれが金毛羊皮か。見事《みごと》だ。すべて黄金《こがね》色に輝《かがや》いている。」

アルゴー隊の全員がその美しさに見とれました。

「あれが国を守ると言う。そう、それだけの光がある。」

と、その時、一団の軍隊が森かげから突然《とつぜん》飛び出してきました。

ヘラクレスは、

「やあ――――ッ！」

と声をあげて、太い棍棒《こんぼう》で一網打尽《いちもうだじん》にしました。ヘラクレスにとってはわけのないことでした。

コルキス軍は次から次へとやって来ましたが、ギリシャの英雄はやすやすと倒していきました。

いよいよ、竜との戦いです。

イアソンは前に進み出て言いました。

「竜よ、私は戦いは好《この》まん、しかし、ここでは戦うしかない。私には金毛羊皮が必要なのだ。」

そう言うが早いか竜は大きな口から思い切り火を放ちました。

火はあっと言う間にあたりの草や木の枝を燃えあがらせました。
しかし、イアソンは竜のはく炎《ほのお》の中に立ってもびくともしませんでした。
竜は次から次へと火をはいてきます。
イアソンはその中を堂々と入っていき、剣《けん》がとどくほど近くに寄りました。
「竜よ、おまえの火は私には役に立たぬ。」
そう言うとイアソンは剣をふりあげました。
その時、竜は、全身がまるで火そのものであるかのように燃えあがりました。
さすがのイアソンもその炎の勢いにあおられて宙《ちゅう》に浮《う》きあがりました。
そのあと、イアソンは地上へまっさかさまに落ちてきました。
「しまった。火には負けなくても、炎が作る気流を考えに入れてなかった！」
イアソンはすばやく剣を下向きにして竜をめがけ、自分の落下に合わせて、竜の頭を剣でつらぬきました。

竜は、ものすごい声をあげて倒れ、その場で死にました。

竜が倒れたあとは周りじゅう焼けこげた臭《にお》いがただよっていました。

★

金毛羊皮を手にとり、ギリシャの英雄《えいゆう》たちはかわるがわるそれを何度も自分の肩《かた》にかけてみました。

イアソンが、金毛羊皮を肩にかけて、揚《よう》々とメディアの所にもどった時、メディアはもう元気になってイアソンを迎《むか》えました。

「王子さま！」

そう言ってすがりつくメディアを、イアソンはしっかりと抱きしめて、

「メディア、一緒《いっしょ》にイオルコスに帰ってくれますね。」

とやさしい声で言いました。

メディアは目を輝かせて、

「はい。」

と答えました。

★

金毛の羊皮を奪《うば》われたことを知ったコルキスの軍隊は、イアソン一行を殺すために次々と追手《おって》を出しましたが、イアソン側は、武術にひいでた英雄ばかりです。

ヘラクレスや双子《ふたご》のポルックスらが、残らず敵を簡単《かんたん》にかたづけて、イアソンたちは無事に、アルゴー丸《まる》に帰りました。

もちろんメディアも連れて船に乗りました。

船を遠くの沖《おき》あいに出したイアソンは、船上で、金毛羊皮を手に入れたお祝いと、メディアとの結婚式を盛大《せいだい》に行ないました。オルフェスはこの

二人に自慢《じまん》の琴《こと》をかなでて祝福しました。

こうして、イアソンは、イオルコスの王位につき、メディアを王妃《おうひ》にして末長く二人は幸せに暮《く》らしたと言われています。

金毛羊皮に守られたイオルコスの国はその後久しく栄えたということです。

〈追　記〉

このアルゴー丸遠征《えんせい》隊のメンバーの中で、ヘラクレスは後に「ヘラクレス座」に、双子のカストルとポルックス兄弟は「双子座」に、アルゴー丸は「アルゴー座」という大きな星座になりました。

これらの英雄の師であったケイロンは、「射手《いて》座」となり、船上で琴をならしたオルフェスの琴は「琴座」になったということです。

あとがき

紀元前三千年頃、チグリス川とユーフラテス川にはさまれたバビロニア平原で、古代カルディア人が、世界で初めて、夜空に浮かぶ星をみつめて、十二の星座に動物や人の形を思い起こし、神との接点を見つけました。

それが、古代ギリシャに渡って、今日の十二星座の物語の基礎《きそ》になったと言われています。

バビロニア平原で生まれた星座の物語が、何十世紀にも渡って語りつがれ、その豊かな空想やロマンが、歴史の中で、数多《あまた》の芸術家の想像力をかきたて、いくたびもの変化をくりかえし、生々《いきいき》として美しい神話になったのであります。

十二星座とは、黄道《こうどう》と呼ばれる太陽の通り道に円を描くように並んでいる十二の星座群です。従って、これを正式には「黄道十二星座」と呼んでいます。他にもいろいろ星座はありますが、本シリーズでは、この黄道に並んだ十二の星座を古代ギリシャ神話に基礎をおき、さらに、現代に生きる私達の感性を触発《しょくはつ》せしめ、新たな角度から、物語化したものです。

従ってこの「愛のメルヘン・ギリシャ神話・全十二巻」には、古代バビロニアや古代ギリシャの時代にはなかったストーリーや、登場することのなかった人物や妖精を筆者のイメージの中で自由に展開させました。

尚、古来から伝えられている神々の名称《めいしょう》については、諸説紛々《しょせつふんぷん》としている中で、筆者が選んだ基準は、日本語として最も読みやすく、語りやすい名称を用いました。

たとえば、「愛の神」は、ギリシャではアフロディーティーと言い、ローマではヴィーナスと言います。「愛の女神」以外はほとんどギリシャ読みにしているにもかかわらず、筆者はあえて、ここで「ヴィーナス」と呼んでローマ読みを用いました。

理由は「ヴィーナス」の方が私達に読みやすく、親しみ深いからです。

以上のような事情をご理解の上、読者諸氏の星座に関する物語の中のロマンをより深く感じとられむことを願いつつ筆を置きます。

一九八六年

酒井友身

画家紹介

塩浦信太郎《しおうらしんたろう》

1954年、群馬県に生まれる。

筆名　青空風太郎

人間と自然の関わり合いの中で、人間はいかに生きていくのか、人間の本質とは何かをテーマに、20歳の頃より放浪生活に入り数十カ国を旅し、今だに旅をしつづけている。

著者酒井氏との出会いは、アンデルセン誕生の地デンマーク、オーデンセ。

「日本のむかしばなし」(講談社)、「てんぐがわらった」(講談社)、「ロザリオの祈り」三部作、「まんがロザリオの祈り」、「さよならの湖」、「細川ガラシャ」、「植村直己ものがたり」を教育出版センターより発表。

著者紹介

酒井友身《さかいともみ》

1948年、新潟県妙高高原に生まれる。

美しい自然の中で多感な少年期を送り、県立高田高校を卒業後、明治学院大学を経て、米国コロンビア大学に留学、言語学を学ぶ。

帰国後胸を患う。

病床にあって、遠藤周作のキリスト教哲学に心酔し、人生につまずいた人や、病を負う者が本質的に求めている“人間のやさしさ”を中心テーマに、1983年、短編童話集「星になったガラスの王子」を婦人生活社より刊行1984年“世界の平和”を訴える「ロザリオの祈り」三部作、「さよならの湖―白鳥の詩」、「細川ガラシャ―炎の十字架」「植村直己ものがたり」を教育出版センターより発表。

1994年４月23日没。

NDC991・993
酒井　友身　　星座物語®
牡羊座物語　愛のメルヘン ギリシャ神話
銀の鈴社　2011
144P　19cm　愛のメルヘンシリーズ①

愛のメルヘン ギリシャ神話 ①

牡羊座物語

平成23年3月3日　新版3刷
平成18年5月10日　新版2刷
平成16年7月7日　新版
（昭和61年3月20日　初版発行　教育出版センター）

著　者—酒井友身　絵—塩浦信太郎
発行者—柴崎聡・西野真由美
発　行—銀の鈴社
〒248-0005神奈川県鎌倉市雪ノ下3—8—33
印刷・電算印刷　製本・渋谷文泉閣
〈落丁・乱丁本はお取り替え致します〉

ISBN978-4-87786-601-3

TEL 0467-61-1930　FAX 0467-61-1931
URL http://www.ginsuzu.com
mail info@ginsuzu.com

愛のメルヘン・ギリシャ神話

全12巻

はるか夜空の星のまたたき―限りなく深い世界に、ダイナミックにくりひろげられるギリシャ神話の物語。

古代ギリシャ人の神秘のドラマが鮮やかに描かれて、わくわくと胸をゆさぶる感動のメルヘンに変身しました。ギリシャ神話がこんなにわかりやすいなんて信じられないこと……。

著者のライフワークとして世におくり出す意欲作。

第1巻	牡羊座	3/21〜4/19
第2巻	牡牛座	4/20〜5/20
第3巻	双子座	5/21〜6/21
第4巻	かに座	6/22〜7/22
第5巻	しし座	7/23〜8/22
第6巻	乙女座	8/23〜9/22
第7巻	天秤座	9/23〜10/23
第8巻	さそり座	10/24〜11/22
第9巻	射手座	11/23〜12/21
第10巻	山羊座	12/22〜1/19
第11巻	水瓶座	1/20〜2/18
第12巻	魚座	2/19〜3/20

★赤ちゃん誕生のお祝いに。お友達の誕生日のプレゼントに。娘がお嫁にいくときに。生まれ月に合わせてえらべる本。
★あなたの書棚に、たいせつな宝物として一生とっておきたい本。
★「人生の四季」折々に、あなたの迷う心をなぐさめ、あるいは美しい人生を讃えてともに悲しみ喜んでくれる本。
★乙女座のペルセフォネーやヴィーナスの女神が、あなたの心にそっとしのびこんで、どんなときにも、きっとやさしさを守ってくれます。

……そんな〝本〟を夢に描いて、やっとここに実現しました。あなたもどうぞお仲間に

「ギリシャ神話」製作スタッフ一同より

牡羊座物語

王位継承争いにまきこまれて命をねらわれた薄幸の王子プリクソスは夜陰にまぎれて城をぬけだし、母の命とひきかえに黄金の毛皮の羊によって、追手を逃れることができた。その黄金の羊はコルキス国に。

一方コルキスには幸薄い王女メディアがいた。彼女はいつかギリシャの英雄が不遇な自分を助け出し幸せにしてくれることを祈っていた。愛の女神ヴィーナスはその願いをかなえてやろうと思った。アルゴー丸の英雄イアソンと王女メディアの愛の物語。

牡牛座物語

美しい妖精イオは人を愛してはならないと厳しく神から言われていた。ところが詩人のアルディーに強く心をひかれて二人は恋仲になった。女神ヘラはイオを牡牛に変えてしまい、百の目を持ち口から火をはく怪物に見張りをさせた。アルディーはヘルメスやパーンの力を借りてイオ救出に成功はしたが、二人はこの世で結ばれることはないという。二人が本当に愛し合っていることを知った愛の女神ヴィーナスはどうするか。美しい愛情物語。

双子座物語

不運な母は白鳥に変えられたが、生まれた双子の子供は大きくなって英雄になり、アルゴー丸遠征で大活躍をする。嵐の中で一人は死ぬ。その嵐を静めたのは他ならぬ琴の名手オルフェスだった。ある日、オルフェスの妻は野原で毒ヘビにかまれて死ぬ。オルフェスは妻を探して地獄へおりて行き、琴をかきならして地獄の神プルトンの心を動かし妻を返してもらうことに成功するが……。音楽の天才の愛情物語。

かに座物語

ヒラキンは地獄の神プルトンの使いだった。人を愛してはならぬと厳しく教えられていたのだが、ヒラキンはプレセペと恋仲になり、愛をつらぬこうとしたため、怒りをかってヒラキンはヒドラという毒ヘビに、プレセペは、ばけガニにさせられてしまった。ヒドラの毒で多くの死人が出て、ギリシャの水源池アミモーネの湖は汚れ、人々は苦しい生活をよぎなくされた。胸をいためるプレセペ。そこへ登場したのが英雄ヘラクレス。

しし座物語

「真の英雄とはどういう人物か。」――ギリシャ一の英雄と呼ばれたヘラクレスの出生の秘話から、真の英雄になるまでの艱難辛苦を乗り越えた英雄伝。

ヘラクレスは生まれた時から英雄だったのではない。人間は英雄に生まれない、英雄になるのだ。修業をし、耐え、考えて、人間は成長していく。そして、人々のために、不幸な人々を救うために我が身をなげうつ者こそ英雄と呼ばれるにふさわしいことを語る物語。

乙女座物語

花を愛し、そよ風とたわむれることの好きな乙女。美しい乙女ペルセフォネーを自分の妃にしようとつけねらっていた地獄の神プルトン。そして乙女の運命は……。

娘を失った母の悲しみを知った伝令神ヘルメスは地獄の神とわたりあう。才たけたヘルメスの説得で母のもとへ帰れるようになった乙女に、地獄の神は次の計略を練ってザクロを渡す。「人間の愛とは何か」を語っていく感動の物語。

天秤座物語

不運な王子ペルセウスは故国を追われ、母ダナエと共に地中海のセリフォス島に漂着。やがて大きくなったペルセウスは、正義の女神の教えを受けて、りっぱな英雄になり、ギリシャの人々を怖がらせていた悪女メドゥッサを退治し、帰路、岩につながれていた王女アンドロメダを救う。

天地創造から始まり人間の営み、そして正義の女神の登場。一人の英雄を通して「正義とは何か」を問う悲しい運命の物語。

さそり座物語

若くしてりりしい森の狩人オリオンを愛してしまったアルテミスは月と狩の女神で処女神だった。二人の恋を許さぬアルテミスの兄アポロンは、オリオンを殺そうと、必殺の殺し屋サソリを送る。それを知ったアルテミスはサソリを自分の矢で射る。それとは知らぬオリオンはアルテミスの心をもてあそぶ。

やがて神々の裁断が下って、二人の恋は悲しい結末を迎える。「愛と恋の本質とは何か」を問う恋物語。

射手座物語

「英雄とは何か」――神の力をかりて不死身になった英雄プロメテウスは人々の苦しい暮らしを見て、火を自由に使えないことを知り、犯してはならない、「太陽の火」をぬすみ人々に与える。

それを知った大神ゼウスはプロメテウスを岩に鎖でつなぎ毎日ワシに肝を食べさせる。人々は自分達の救い主であるプロメテウスに石を投げる。悲しい思いで見守っていた師ケイロンはプロメテウス救出を考える。そしてその方策は……。真の英雄の意味を語る物語。

山羊座物語

森や動物達を守る妖精パーンは、湖の妖精で美しいシュリンクスと深い恋に陥る。しかし妖精同志の恋はかたく禁じられていた。

二人の恋はつのる一方だった。ふとした誤解からシュリンクスは、パーンが自分を見捨てたと思い込み、自ら変身して湖の葦《あし》になってしまう。二人のことを見守っていた愛の女神ヴィーナスはひどく胸をいためていた。やがて、悲しみにくれるパーンの笛の音は神々の心を動かしていく。愛の試練の物語。

水瓶座物語

数々の偉業をなし遂げた英雄ヘラクレスが帰天して後、神々に召し出された美少年ガニメーデスが残した白い長衣キトンは、戦いと勝利の女神アテネの神殿におかれた。アテネの王子は子供達の命を救うために怪物退治に出かけ、アテネから授かったキトンによって成功するが、帰路不運な目に合う。悲しみにくれた王子は、怪物退治成功の合図を間違えてしまい、失敗したと思い込んだ王は身を投げて死んでしまう。悲しい王家の物語。

魚座物語

愛の女神ヴィーナスの生誕からはじまり、その活躍を綴った物語。

エチオピアの王妃カシオペアは自分の器量を自慢したため、海の神ポセイドンの怒りをかい、娘アンドロメダは海辺の岩につながれてしまう。愛の女神ヴィーナスの力によって、英雄ペルセウスは愛の尊さを知り、アンドロメダを助けようとする。美しい娘アンドロメダが今にもばけくじらに食べられそうになった時、英雄に救い出される。愛と冒険の物語。